JN325241

今井恵子

やわらかに曇る冬の日

北冬舎

やわらかに曇る冬の日

目次

Ⅰ

カバー・表紙装画／装丁＝岡﨑乾二郎
カバー画題＝「踏み面は大。蹴上げは小。（日の光で固める）」
アクリル・キャンバス・木
天地１６０ミリ×左右２４５ミリ　２０１０年

やわらかに曇る冬の日

I

林檎がふたつ

賜いたる林檎がふたつ窓際の光に紅の色を深めて

玄関に勤続三十九年の終わりの靴を夫は脱ぎたり

花束の三つをかかえ帰りきぬかつて娘を抱きあげし腕

男には髭のあるべし振る舞いは紳士たるべしなどと娘は

電線の揺れにほどよく隔たりて朝《あした》のひかりに今年のつばめ

一人にて所在なければキッチンに九九を唱えてさらに淋しも

放課後の小学生のらりるれろ青きレールをわれに思わす

鍋底の切り身へ落す粗塩の粒がざらりと指先を過ぐ

スリッパの裏

いくたびも呼びかけられてわが声に母が「はあい」と食卓につく

泡ひとつ　今日は機嫌のよろしきや娘の部屋に飼われる毬藻

長電話を切りたる後につくづくとつくづくと見つスリッパの裏

手紙一通封を閉じればあかときの海へ漕ぎ出す一艘の舟

童馬漫語　はるかなるかな大正の「路傍に汗する歩兵の心」

ホームにて電車待つ間《ま》に拾いたる百円硬貨の桜見ていき

吊り革の革に代われるビニールを掴みしはじめ　思うもおぼろ

眉のなき少女の顔に一歩ずつ近づいてゆくレジに並びて

明るすぎる婦人服売場に立ちつづけ女子店員は痩せゆくという

悲しみののちに来たれる懐かしさ亡きのち父の輪郭は濃し

東海の小島の岸を白く咬む大波小波の靖国神社

アンサンブル・ノマド公演

定型は侵しがたしもリズムありてリズムのままに体は揺れて

鍵盤におりゆく右の手ひだりの手待たれて音は鳴り出ずるなり

フルートの音の間にこぼれ落ち人間の声の　あ、あ、ああ、あ

暗転ののち呼びかける声として女男《めお》の身体　まぎれなき楽器

雲厚き空の下なる細道をゆく旅人やファゴット鳴りつ

フルートがビオラの気配をうかがって第二楽章うごきはじめつ

花のよう　十指虚空を舞いながら楽譜の中から音を引き出す

pata

東シナ海あわれしずかに群青の海《わだ》はpataなり韓《から》の言葉に

「どなん」とう強き酒にて語らうに人頭税はたマラリヤの苦

蝶結びきつく結べる風呂敷の包みを膝に母はバス待つ

鏡なす運河の水のひとところプチッ　揺れつつ驟雨のはじめ

たまさかに過ぎる蕎麦屋の裏口に白き長靴そろえ置かれあり

光りつつ携帯電話が窓の辺に地下ゆく水の音を響かす

男の声おんなの声と遠ざかり皿にひとつぶ空豆みどり

加計呂麻島

古仁屋《こにや》まで車内広告なきバスの簡素のなかに揺られ来たれり

江仁屋《えにや》といい古仁屋といいて地図を指すニヤの語源を思いみるべく

老妻を背負い舟より降ろさんと男は低く腰かがめたり

「この島は雨の島です」濡れながら海岸沿いの宿へと急ぐ

イノシシは海を泳ぐと言いながら晴ればれとして沖を指さす

スポンジに染み入るように午後二時の何処まで行っても白い砂浜

胸底は銀に光りぬ少しずつ文字を忘れてセロファンになる

小学校校庭隅に奉安殿いまだありとし聞けば見にゆく

生垣に立てかけられてハブよけの用心棒は二メートルほど

黒糖の煮詰まりゆくに昼さがりアゲーとはじまる島の挨拶

大正九年軍事要塞なすべしと加計呂麻島に賑わいのあり

加計呂麻の勢里《せり》の浜より拾い来し流木一片春の陽《ひ》のなか

安脚場《あんきゃば》の砲台跡なる貯水槽にイモリいっぴき沈みゆきたり

砲台跡から三浦のダムへ

細き細き水脈たどり貯えし水とし聞けば色深きかな

山上のダムに真水を集めたり連合艦隊給水のため

ガジュマルの木下の窪の石の上そこにがらんと夜がきている

足裏のほてり

もうこんな顔することもないだろう家族写真の十二年前

階下にて諍う声の止むまでを頬杖ついて待つ懐かしさ

『時のめぐりに』巻末に知る暈滃《うんおう》式地図のありさま思う夜なり

めざめては足裏のほてり母がわれをわれが娘を生みにし戦後

顎ひげを蓄えながら「戦争で人が死ぬのは当然のことです」

日本の言葉とともに痩せてゆきかつてここにと言われはじめる

「どうせなら瞬時に影になりたいね」隣の席より青年の声

人の手に触れるは稀で駅頭にふと触れたれば世界が歪む

有刺鉄線つづく辺野古の浜しずか靴にて踏めばわずかに凹む

そのむかし

一日の行状すらもはかなくてパソコン画面は水底の青

そもそもと言い出す夜の酩酊にああこの口調　若かりしかな

青葉闇くぐりきたれるおみなごの眼するどし画布をひろげて

ほたりほたり青き絵の具を置くたびにビルのむこうに空が展ける

蔓草の葉の冠やそのむかし神に間近くおみなありけり

金色の花

荒川を渡る橋のたもとに空地があって、整地され、工事が始まり、やがて木造の二階建てができた。壁に水色のペンキが塗られた。「夢工房」と看板が一つ。窓がない。「夢工房」の入口は、ぽっかりと暗く開いている。いつもひっそりとして、人の気配がなかった。それから、十年。久しぶりに散歩に行くと、「夢工房」は看板とともにそこにあった。夢の中の光景のようだった。

ああ言えばこういう響き或る朝にぱたりと消えて壺の中なる

暗闇に眼ひらきて坐りおり草履の音の遠ざかるまで

ぶつかっておお痛いなど呟くに取り出すまでは白いハンカチ

カーテンはレモンイエロー人影をからめとりては揺れて膨らむ

ソプラノの音階にわかにのぼりつめ引き寄せられる金色の花

話題

オペ室へ搬《はこ》ばれゆくに静かなりきベッドの下にスリッパの赤

鼻孔よりビニールの管の落ちてゆく胃の暗闇はいまだわが物

膨らんでゆく風船の感覚の空無にいたり麻酔うたれて

板壁に釘穴ふたつ病院のシャワーに術後の身を打たせつつ

一日の尿を貯めよと透明の大きな袋が吊されている

子の無きを言いつつベッドに爪を切る老婦人の声うたうごとくに

病室の話題はやがて宗教へ転じそののち墓石の価格

退院のあとのベッドにたたまれて白やわらかし重なり積まる

寝息

なかゆびの腹もて瞼をおさえつつ山を想えり初冠雪の

特急がワンッッと残せる突風のほぐれゆくらし暗き線路に

「下品ではないのに卑しい人だった」母が金魚を見つめて言いぬ

ひとしきり庭の緑を讃え合うひらり柊そよそよ冬青《そよご》

水滴の光るコップのかたわらの爪の半月　左手しずか

飲みこめぬ小骨は喉にまだ痛し劣等感とはやっかいなもの

叱られて潜みいし土蔵の闇の濃さを雪の夜更けに夫が呟く

「半身浴に汗ばむような心地よさ」樋口一葉の歌を評して

階段のひとつひとつに溜まりゆく光のように娘の寝息

母の時間

ゆうべ母は降り積む雪を見ておりぬ手の平ふたつ　青き闇たまる

病院の廊下の手摺に手をあずけ芸術的ねと言う声三度

てぶくろの手を滑らせて進むとき手摺にかかる息の激しさ

散髪の後の明るき表情にがさりがさりと新聞を読む

柿朱く吊るせる軒の明るさをほうらほうらと声に指差す

黒豆のひとつぶ箸につまみたり冷えしるき午後の母の食卓

月下美人あふるるごとく咲く夜を惜しみて母がスケッチをする

階下にて「うわぁーすげえよ」驚愕は嬉しきものぞ真夜中なれど

ストローをソーダの緑が昇りゆき娘はガウディーに憧れやまず

とろりいばす

朝の夢にとろりいばすは角《つの》を立て父のうしろを過ぎ行きにけり

くちびるを押し当てられてすぷーんありおはよう　母の辺に坐るとき

ようこそと差し出されたる右の手の日向へいでて儚かるべし

質問の指先わたしを迂回して隠し部屋のごときを探りゆくらし

水族館の鰯の群れを思いおり身の奥深く内視鏡入る

階段の手摺の銀色《ぎん》のひややかさ監視カメラに映されている

電線の交錯は美《は》し灯《ひ》のともり煮凝りのごとく夕ぐれの街

川中のビニールぶくろは尻を振り水の流れにしたがいて消《け》ぬ

投票に行くとう母をわが夫が障子の向こうに詰《なじ》り続ける

玄関のタイルの目地を目に辿る母の泣く家われの泣く家

紅

日の差して乾きゆく間の舗装路に落ちたる椿の紅《こう》二つ三つ

嘴でなくて唇　にんげんの柔らかき部分　紅を引くとき

メールにて届きし一首　句の割れて雨後の日差しが貼りついている

その奥の光の中より現れて３Ｆの窓に人黒く立つ

電線に止ると見えてひるがえり小さき影は燕の速度

静物と風景

公民館の壁にみひらく「ジローの目」コーラ飲み干すまでは対峙す

状況は内容をつよく規定する会議途中の携帯電話

数学の青きノートが届きたり山形新幹線の忘れ物として

食品棚奥のくらがりに位置しめて誰も触れない缶詰二つ

リビングに「ねえ」とし言うに「え」「なんだ」「はあ」と声あり三方向より

パソコンを買わんとしては部屋中をはしるコードの数におどろく

絨毯に毛髪拾うと屈むとき重く揺れにき両の乳房

7・20　昭和天皇の靖国神社参拝についての談話メモ

貴人《あてびと》は「それが私の心だ」と婉曲にして有無を言わせず

「静物は触覚的で風景は視覚的である　ジョルジュ・ブラック」

「自分自身の沈黙と孤独に帰るべき」伊藤整の詩の一篇に

吊り革を摑む左の手の甲にボールペンにて「弁当」とあり

ピッカーンひろびろ

目の覚めてピッカーンひろびろ冬来たり電信柱に電線ひかる

踏み入りて水の音するところまでピッカーンひろびろ森の静けさ

くれないの林檎の皮を剝き落としピッカーンひろびろ俎板の上

魚屋の桶に沈みて静かなりピッカーンひろびろ蜆の午後は

便箋のピッカーンひろびろ埋めつくす遠き一人へ冬の言葉を

ピュルリピュルリラ

大欅五月の風に揉まれつつピュルリピュルリラ思い出の中

武蔵水路にピュルリピュルリラ翻《ひるがえ》る燕の速度　見て歩き出す

朝食の若布はピュルリ箸の先ピュルリラ母のくちびる近く

水槽にピュルリ川海老テロップに流れるピュルリラ改憲の文字

送信のキーを触りて病床の携帯電話へピュルリピュルリラ

紅《くれない》の自転車ピュルリと遊歩道「悠君はどれ」「僕はピュルリラ」

坂道を一夜さ下り雨水はピュルリピュルリラ　ボーイソプラノ

断片として言葉ありすれ違う人の呼吸のピュルリピュルリラ

II

ヒトの明るさ

ふきのとう咲く野へむすめ二人して蚯蚓の卵を探しにゆけり

はじめての絵本を描《か》くため三匹の蚯蚓を飼いおり玄関に娘は

やま・チュー・白とつけたる名前に呼びかけて蚯蚓を覗く二つの頭

一日の終りの灯《あかり》を消してのち蚯蚓の気持ちになってみんとす

雌雄同体ならば如何にやこの星に蚯蚓の孤独とヒトの孤独と

いつよりか休まず土を食み来たる三千余種の地球の蚯蚓

ダーウィンが蚯蚓を研究したという食後の話題に夫は入らず

天敵を持たざるヒトの明るさに口笛を吹く野に花を摘む

汲むすべもなき

春あらし吹きおさまりて駅前に銀杏は黒く瘤を抱き立つ

高層の住居を仰ぐ形にて木製ベンチは水のしずけさ

しずかにも水の面《おもて》は映れるかカメラ衛星とおく作動す

水色に塗らるる地図の水場まで細道歩く見られているか

たとうれば「野中の清水」汲むすべもなきに光りて母の記憶は
〈いにしへの野中の清水見るからにさしぐむ物は涙なりけり『後撰和歌集』恋四・813・詠み人知らず〉

跨ぎたる死体の顔よと空襲の母の記憶に表参道

いっぽんの棒

考える前はしずかに目を閉じて広き野に降る雨音を聴け

遥かなる高みより来てＴシャツの肩を濡らしぬ五月の雨は

Ａ４の荒野に立ちいるいっぽんの棒のごとくに人の言の葉

靖国の次は冤罪改憲とメニューを広げるような手つきだ

飲み干して湯呑みの底を覗きこみ演習機頭上すぎゆくを待つ

緑園の街の起こりを拾い読む赤く錆びつつ立つ鉄板に

木に白き花を仰ぐにひいふうと数え始めつ帽子おさえて

まだ咲かぬ躑躅の陰に忘れられ白く膨らむサッカーボール

玉堂美術館二首

玉堂の壮年の筆の勢いに水の音ありやがて滝音

竹群の墨の濃淡　まっすぐに余白を抜けて一息の筆

茄子三つおのれの重さに下がりおり黒き地表は描かれぬまま

水音の背後に遠くなる頃を砂場に出でぬ土を踏み来て

雨だれは耳を澄ましむ自転車のサドルを竿の下に打ちつつ

画用紙の野をすべりゆく筆先に赤い野花が咲きますように

鯨

はるかなる海の面《おもて》のひとところ窪むと見るに黒き背となる

海の面《も》が割れては黒く盛り上がる慶良間《けらま》にザトウクジラの背中

尾の裏の白きを見せてのち深くふかく鯨は海なる闇へ

海面に鯨のリング　滑らかな痕跡としてひかり集めて

マッコウは一つでザトウは二つです背にある鯨の鼻孔を知りつ

水中へ降ろすマイクに海深く鯨が鳴くよ　声のさびしさ

耳たぶに近く聞こえて深海の鯨一頭来ているごとし

春の海のたりと暮れて沖をゆく母子鯨や烏賊釣り舟や

ラムネびん

ねそべってわれは汚れたラムネびん潮の満ち干に耳を澄まして

風呂敷の花の模様のさびしさやシルバーシートに老婦人あり

説明の声高くなる春の午後セールスマンは上着を脱いで

膨らみをピンの先にて刺す一人ありて会果つ爆笑ののち

臆面のなき壮年の駆け引きの大波小波　指さき濡れる

ガスの火に濡れて一尾の針魚《さより》あり乙の娘ももうすぐ二十歳

ポケットの鍵をさぐれるときのままをわれに寄りきて春の蚊ひとつ

イスラエルがレバノンを攻める画像消え嚏の後を母は寝に立つ

天狗納豆

鼻先にフェンスそびえてあるごとく「精一杯に努力しました」

黒板を動くチョークがふと止まり「あらあ」牧歌的なる男の声に

構内の立喰蕎麦に並び立ち青年の耳ちかぢかとある

口中に溜めゆく息はみしりみしり頬を内より圧していたりき

水戸みやげ天狗納豆手に持ちて臭い臭いと声に華やぐ

引越しのトラックの背より現れし鏡に空が運ばれてゆく

つれだちて来たる鶫さざんかの白くぐりつつ声に呼び合う

伏せられて陶の壺あり土壁に凭れながらに濃き冬の影

目黒駅周辺

みずからの汚れに耐えているごとく公衆トイレの隅に折れ傘

大いなるバケツゆるりと土のうえロープが光の中に撓みて

狭山事件再審請求のビラを手に聖アンセルモ教会の中

吉三はお七の火刑後西運と名をあらためて出家せしとぞ

錦鯉流るる水に流れゆき隈なく見られている羞かしさ

返信を待つ間の長き沈黙を色にたとえて菖蒲むらさき

背後なる明るき声に見返れば牡丹花ひらく象嵌《ぞうがん》の白に

自転車の荷台にくくりつけられし木箱に木目の浮きたるやよし

向島百花園2007

萩の花に間近く歩みゆくときを蝶の交尾は花の頂き

曼殊沙華あかく群れ咲き澄むところ狂える遊女の物語あり

一群れの花を咲かせて陽をあびて水引草は水を呼ぶ草

穂薄のなびかんとして一陣の風たてば風の音をきかしむ

薄穂はぽわんと揺れぬ水瓶を溢れる水に手のひら濡らす

真中に大穴のあく石柱は日本橋を支えしとあり

水源はいずくぞ寒く隅田川振り返れるに萩咲くばかり

多摩川

枇杷色の釉薬厚くかかりたる井戸茶碗あり古武士のごとし

みずからの陶の重さを支えつつ高台《こうだい》近く梅花皮《かいらぎ》の妙

真上より覗き込みては井戸茶碗の深みへ秋の眼《まなこ》を落とす

ゆるやかに注ぐ水かな水瓶を猿が抱く図の小さき水滴

水の面《も》を伸び上がり咲く蓮のはな有田の壺の絵師の筆力

多摩川の風に吹かれて草を踏む声もて問えば声もて応う

秋の陽の白く落ちつつ位置占めて石あり石は石の手触り

芝公園伊能忠敬測地遺功表碑

楠の木の根方に茶の花咲きこぼれ日比谷通りは音なきごとし

列島の海岸線に寄る波や伊能忠敬測地遺功表碑

限りなき数の歩幅を一定にせんと忠敬ここに励みたり

子午線の一度の長さを二十八・二里と算出したる一八〇二年

足止めて水平線を目に触り歩幅の数を積みゆきにけん

列強のドアを開けと迫る声高まり日本の地図はなりにき

シーボルト事件に関わる地図として「大日本沿海與地全図」

地図をなし高橋景保捕らわれて獄死したるは忠敬の死後

忠敬は偉人にして景保は罪人なり共に日本の地図を作りき

高きより日本国土を俯瞰せる鳥の眼《まなこ》に見しや「近代」

III

粗塩

ただいまと言うに昨夜は母のこえ小さく低く母の声ありき

ただならぬ娘の声が浴室の母までわれをわれを走らす

うつむきて唇固く引き結び浴槽にあり母のあたまは

日曜の朝の静かな湯の中へ沈みゆきしか母のからだは

ひきあぐる母の身体　浴槽の湯に温もるをわが腕にして

湯けむりの白く揺れにし境界を声なくひらり　越え逝きにけん

しかばねの母をベッドへ運びきて頭ぐらりと枕へ落す

「裸では寒いでしょう」セーターを着せるわが手が硬直に遇う

手のひらもて触ればまこと冷たくて母の死顔　泣きながら撮る

愛憎をわれに刻みし母なりきひりひりとして母は粗塩

今朝母の息絶えていし浴槽に沈めば温もりゆきぬわが身は

切株の裂け目に蟻の入りゆきて言葉以前の闇ふかきかな

みずからの形にもどりゆくのだろう夜闇の中にて紙の音する

母の背丈

真中をテントウムシの赤がゆくひろびろとして紙の寂しさ

電線に雀消えたり風の音きこえてのちの一揺れにして

わが手もて閉じる棺に母のありこれより後は胸底の石

火葬場へマイクロバスに運ばれぬ蜜柑の木には蜜柑の黄色

すぐそこで母が焼かれているときを舌上にあり弁当の芋

火葬場の窓に冬田の乾けるを恵子恵子と呼ぶ声もなし

冬の陽のしろき斑《はだら》を踏みながら石の廊下を収骨室まで

白骨となりたる母を覗きこみ男が深くふかく頭《ず》を垂る

ゆくりなき冬の光に足首がふぁふぁんと温し火葬場を出て

もう母を乗せることなき助手席に冬の光は揺れてふくらむ

ほどかれて溜まる毛糸の膨らみを見下ろし冬の夜の母ありき

母が杖を倒ししときの傷跡の鈍く光れる敷居を拭う

杖の音ひびかずなりし廊下にて手ずれの跡の母の背の丈

爪の形眠りの浅瀬に現れて杖探す手となればわが母

蠟燭に炎揺れたり思い出が青く染まってゆく雪の夜

てのひらに花粉こぼれて冬牡丹の白を置くなりもう母おらず

花びらをいちまい拾えば花びらに重さのありて泣けとうながす

母の手が触り黒ずむ壁紙の母なきのちの冬のうすら日

「区境」というバス停に降る雨を白く照らしてバス発車せり

西新宿にて

週末をともにしようと待ち合せ西新宿まで　まだ家族にて

それぞれにナイフとフォークを光らせて遥かなるかな産む／生まれるは

子を産みし若き記憶のひとところインティファーダの石の輝き

占領に石もて立つとそれのみを覚えてインティファーダの一語

公園の砂場の山を崩しつつ幼き「なぜ」に答えられずき

街路樹もゆうやみ深く沈みゆきわれらサラダに塩振らんとす

改札に別れゆくとき新宿の駅の光の中と思いき

泥

木に熟れて夏みかん垂る　電線にヒヨドリ並ぶ母亡き春を

枝に垂るる夏柑一果の輝やきをかがやかしてぞ眠りぬ夜は

水面に生《な》りては消ゆる輪の中のモリアオガエル眼がうごく

アオガエル脚の一掻き水を圧し水の濁りに沈みゆきたり

沼の水うてる羽音の響くときめがね半分だけの青空

水に手を浸しながらに摘む芹の白き根が抱く泥の素直さ

ほそき柄の傘たてかけておく午後を重きしずくの滴りやまず

滲みては土の面を光らせて水がだんだん膨らんでゆく

小包の宛名の脇に固くかたくビニール紐の結び目がある

ダルフール四川ミャンマー西蔵《チベット》と読み継ぐうちに動けずなりぬ

おかあさん人がたくさん死にました声がぎゅうっと固まってます

靴の底

ゆうぐれを音なく水は流れゆく音なきゆえの激しさぞよし

眠らんと閉じる瞼に若き日の緒方拳おり束の間なれど

植木屋のはさみ鳴る朝ザリガニの脱皮する昼てがみ書く夜

手の込んだイジメだったと気づくまで梅の苗木に花の咲くまで

善いことがありますように善いことはめったにないゆえ善いことである

摘みきたる芹ひと束を湯にはなちカレンダーに描く大き赤丸

ゆっくりと白き気泡の上りゆき輝くごとしシャコガイの黙

満面の笑みが消えたるときの間をぐずぐずっ　音を聞いた気がする

デパートの屋上の檻のペリカンの呑み込むさまに怯えいたりき

鴻巣警察署司法巡査小川真は裏道にわが一時停止違反を見逃さずき

怒りにはいたらぬ夜更けの寂しさにガスの炎が鍋を炙りいる

傘さして傘をまわして若かりし母のうしろを長靴はいて

玄関のここにこうして手を置いて母が見ていた暗き靴底

もう母のおらざる地表を歩みきて赤きポストに葉書を落とす

森へ続く風の通路に立つごときテーブルの脚を夕陽が浸す

シャンプーを流さんとして屈むとき後ろに母の声あるごとし

ふらいぱん

みずぎわに銀の自転車倒されて水平線に朝焼けが来る

窓の辺のかすかな涼に触れながら右上腕は夏の半島

地下駅に紳士のシャツの貝ボタン歩きはじめて海の明るさ

ごとりがたり酸素ボンベが引かれゆき媼は今し石段の上

ゆうぐれの螺旋階段　かけのぼる銀のヒールが音を散らして

麦藁の匂いのようなさびしさに歩道橋あり誰も渡らず

母の声おもい起こして駅までを銀杏並木の日うら日おもて

坐らせてやりたき母はもうおらず鏡しずかに並ぶ店にて

娘ふたり「ゆとり教育」のただなかに育ちし不運を嘆き合うらし

寝返りをうちて娘は月の夜にひとひらひとひら鱗を落とす

山の抱く山の暗さに生《な》れる風あかい電車が鉄橋わたる

ふらいぱん声にして言うふらいぱん壁に掛かりてふらいぱん静か

浅草また吉原

廣石山等光寺なる歌碑にして啄木のうた都会の孤心

ありし日の背丈ほどなる墓碑にして右肩上がりの文字《もんじ》「一念」

「一念」のほかを記さずすっくりと九十年の生涯は立つ

潔き墓碑におもえば涼しかりシティボーイぞ土岐善麿は

君太郎・乙め・ちやら・その・榮太郎　声にして読むここは吉原

飼われては赤い金魚が群れ泳ぐ遊女あまたの溺死せし池

最上川

みちのくの蔵王の山の雨に濡れ赤き帽子に従《つ》き登りきぬ

かつて山が噴きたる岩も濡れながら霧中に人の声のして止む

見下ろしにホーム小さく静かなり斎藤茂吉記念館前駅

雲の間にかすかに見ゆるいただきは三吉山ぞ太声《ふとごえ》のあり

川の辺に母の骸を焼く夜も静かなりけん山の稜線

酢《す》川《か》落《お》ちというも覚えて親しかり少年茂吉の駆けし村の道

黙ふかく金瓶小学校の庭に立つ白樫は人を仰がしめたり

たずねきて聴禽書屋の庭におもう戦いを経て澄ましおりし耳

右手へと最上川流れ老い人のここに逢いしとう虹の断片

くだり行く水の滾りに最上川魚影かぐろく舟縁《ふなべり》を過ぐ

路面の罅

工事場の土にわたしの頭《ず》に肩に桜はなびらバスが来るまで

不発弾の信管しずかにはずされて俺は俺はという声高し

白ひかる路面の罅は乾きいきバスを待つ間に見て忘れいき

揺られゆく昼の電車のうたた寝に路面にありし罅の現る

天然ガス充填所内の球体三基あわき緑に車窓を過ぎぬ

昼過ぎの高崎線車内照り深し母と子ならん手話の饒舌

うずくまる水の袋となりはてて青き田わたる風を見ている

階段にしゃがむ二つの肩の上リーゴンふぁふぁん教会の鐘

ふぉるんふるん

地球外生物いるかふぉるんふるん神経質な顔など捨てよ

やあ君は何処から来たのふぉるんふるん無数の足がいっせいに動く

俺ふぉるん貴女はふるん縄文の時代の風も撫でていた木々

ぶらんこに揺れて見ておりふぉるんふるん飛行機雲のひかる先端

生まれ来し偶然を生きて夕焼けはふぉるん赤あか曼殊沙華ふるん

キャスターはふぉるん目玉を動かしてふるん給油はインド洋上

孫の手をふぉるん背中に入れふるん縁側にいし母の思い出

静けさが明るみ震えふぉるんふるん豆腐一丁手に掬いたり

IV

ゴム印

封筒の皺をのばしていた夜の母のこだわり母の指先

大見得をきったる老優きわやかに劣等感の輪郭見しむ

木の札が柱の陰より現れてひるがえり消ゆ風通うらし

青葉闇濃き窓の辺の席ひとつ空けて一人の回復を待つ

点されて街灯ひとつひとつずつ水の面《おもて》のやわらかき花

ゴム印の角の歪みのあじわいをポストに拾う　友は佳きもの

大皿の一刷毛《ひとはけ》しろき釉薬の息にあわせて菜の花を置く

アカシヤ通り

排泄の難を言いつつ老婦人あかるき午後のバスに乗り来ぬ

背後より暗き出口へ押されたりあたたかきかな人の手のひら

年金の振込み口座を替えなんとアカシヤ通りの歩道を来たり

真っ白にペンキ塗られし木の椅子を雷雨が叩くホウと見ている

夏みかん枝にかがやくひとところ美しと思いて眠りたりしか

もう誰も聞いてはいないスピーチがライトを浴びて壇上に続く

「ああ月が美しいわ」と言う声は邪魔に候　月仰ぐとき

尾を立てて潜りゆきしが水面の鎮まるままに何処なるべし

受話器置き声は泉と思うまで薬缶に湯気の白く立つまで

夜の闇に重たき芯のあるごとし階下に母がわれ呼ぶごとし

板門店

ソウルより五〇キロメートルをバスに揺れ板門店の入口に来ぬ

乗り来たる迷彩服の兵若しエリート中のエリートという

座席番号と旅券を睨みわれを睨み次へと進む黒き軍靴は

両側にひろがる青田ゆるやかに晩夏を鳥の渡りゆく見ゆ

納税や徴兵の義務を免除され村人は域内に耕すという

もう一度繰り返される注意あり指にて何も差してはならず

見学のわれらは二列縦隊に並びながらに会議場まで

向こう側こちら側という境界に不動の姿勢サングラスの兵

境界のイムジン川は干潮のゆえ静かなり川底見せて

サイレントボイス

背を見せて次の車輌へ移りゆきぬ少女は爪を塗り終えてのち

首筋の膚を流れて細くほそく金のかがやき少女歩けば

バスを待つ日向のベンチに取り出せる握り飯大きく花咲くごとし

丹念にマスカラを塗る女あり電車の揺れに身を撓わせて

くちびるの紅を拭いし「おしぼり」が牡丹の絵皿のうしろに潜む

蔓先が宙にさぐりているところ薄むらさきにサイレントボイス

身構えて斧振り上ぐる蟷螂が日当りながら草の葉の先

「ひとりで悩んでないでわたしたちに話してみませんか」話すものか

「人類館」公演

村いくつ沈みゆきたるみずうみに釣船の浮く水脈を曳きつつ

膝を折り拾い傾き立ち上がる逆光の駅に人間の形

戸の隙に光はげしく射し入るをぽつりぽつりと言う声の佳さ

立食のパーティ会場に踏まれつつ光りていたるクリップひとつ

柑橘系香りに充ちて夜の駅のエレベーターは下りはじめつ

二〇〇八年十二月十六日大隈講堂にてわれは「人類館」公演を見き

坐す人歩く人

日だまりに入りて日だまりより出《い》ずる携帯電話が光る街角

ラーメンの丼の底に消え残り龍がすずしく髭を靡かす

暮れ残る西新宿の信号を沼踏むごとき思いに渡る

地下道の壁に突起はあかあかと塗られてありき肩の辺《へ》を過ぐ

雪の降るクラクフ／風の新宿に坐すありき暗き壁の窪みに

ブラインドひといきに窓を滑り落ち終ってしまった静けさに居る

2008.12.18 五浦六角堂

波割れてとどろく音のここちよさ人が人呼ぶ声の親しさ

リディツェ村2008

二〇〇八年十二月五日、加藤周一が亡くなった。また一人、知識人がいなくなった、と落胆しながら、十四日の追悼番組「加藤周一　１９６８年を語る――『言葉と戦車』ふたたび――」を見ているとバーツラフ広場が映った。あっ、と思った。十一月の末に、プラハ、クラクフ、ワルシャワと歩き、テレジン、アウシュビッツ、ビルケナウと収容所を見て回ったばかりだったからだ。いつか見ておきたいと思っていた収容所跡は、わたしにはじめてのヨーロッパだった。プラハに着いた日に降った初雪が、行く先々で、降っては止み、また降りだすという十日間だった。

途中、昼間の短い季節の空を見上げては、雪に震えながら収容所を回るのはやりきれない気がした。収容所の悲惨は、今日、世界中の誰でもが思い描く地獄絵図だ。しかし現地に立ってみると、案外なことに、神経に応える残虐性から遠かった。あまりにも冷静に事務的に整然と執り行われた非人間的行為のためだろうか、感情の動きようがない。写真を見る者はレンズを覗いたカメラマンの目から逃れられないというが、非人間的遂行の果てに残った物質には、情緒や感情の入り込む隙がないのかもしれない。

案内にあるとおり、アウシュビッツには、靴や義足や毛髪や眼鏡の山が展示されている。仕分けされ、分類されたそれらは、たとえば美容院の床に切り落とされた毛髪と何ら変わりない物質として目の前にあった。わたしは、食肉解体現場の、役立つ物とそうでない物とを峻別する熟練職人の手さばきを連想した。そういう場所では、作業に携わる者もまた、システム化された流れの中の「いかなる細部をも見逃さない目」という一個のパーツにすぎなかったのではないか、という思いが湧いた。

震えるような恐怖を感じたのは、ホテルに帰ってベッドに横たわったときである。が、それは旅行前に予想していた残忍な行為にではなく、徹底的に遂行した知の冷酷さに対してだった。そうして、その恐怖が、以前に訪れたカンボジアのキリングフィールドや、べトナムのミトで味わった恐怖と質の違うものであることに気づいた。アジアの戦跡で感じた恐怖は、生ま生ましい残忍さが、地続きに生理的嘔吐感を喚起した。そうした体験とはまったく異質の恐怖感を知って、わたしはポーランドのホテルの一室でしばらく言葉を失った。両者の違いは、民族に長く継承され、培われてきた歴史や思想の違いであろう。アジアとヨーロッパ。その対照性の前では、自分が受けた日本の戦後民主主義教育の人道的自由や平和を信奉しているだけでは、何も考えていないに等しい。堅牢な異質を前に、つくづく、わたしは甘いなあと思った。

ユダヤ人収容所で一人の人間から眼鏡や靴や頭髪を次々と切り離していった分離切断の思想は、ヨーロッパに近代科学を生み落とした原理でもあった。海を渡った近代合理主義は、時代の表層では今の日本にゆきわたり、分離切断の原理はいかなる局面でも優位に立っているように見える。言葉も例外ではない。短歌は、そのような言葉とどのように接してゆくのだろう。加藤周一は、言葉には戦車と対峙する力があると言った。短歌にも、若く新しいエネルギーが充ちると思いたい。

ゆるやかに下る斜面に人おらず雪の野原に足跡あらず

ヒトラーが見せしめのために選びたる「破壊にほどよい」村ありしとぞ

人間が人間を選別して使えるものと使えないものに分けた

十五歳以下を子供とする規定壁の前の選別に続く銃声

システムの規定に従う人々の銃による冷静な虐殺だった

われももし隊員ならばためらわず引き金を引いて殺しただろう

もしわれが村人ならば敵兵に親しき友を売ったであろう

徹底をつくせる破壊強奪ののちに残った一枚のドア

墳墓まであばき尽くして運ぶため蓋につかった教会のドア

略奪は二年におよび消滅のリディツェ　人口五百人の村

展示室中央に立つ教会のドアは一個の物質ではない

豚がいて赤子の生まれる家にして明日の天気を考えた人よ

中公新書『肉食の思想』をポシェットに雪の止むころバスに乗りこむ

選別の思想は科学を生み出してあまたの人を救ってもきた

近代の輝きとして明治期の海をはるかに渡った科学

降りはじめ積るかに見え粉雪のリディツェ村という絶滅の場所

隅田川下り

両国の橋のもとへと神田川流れて入り来　狭き奥より

このあたり浜町河岸と指の先かつて白魚跳ねいきと言う

その朝の赤穂浪士も渡りたる永代橋ぞ今し潜りぬ

お台場に群れ立つビルは雨のなか相対化とはいかなることぞ

わが舟は東京ビッグサイトを後に見て湾の広きへ出でゆかんとす

橋脚の支えるアーチの美しさ必要にして過不足のなし

湾内のところどころの先端に記憶のごとし白き点滅

*

葛西水族館三首

水面より差し入る光に腹白く群れを離れてゆく一尾あり

口中に卵を抱いて穴におりファインスポッテドジョーフィッシュのオス

尾鰭より胸へと砂に着地せしフトツノザメのしなやかさかな

日暮里根岸谷中

団子屋に団子くらうを一日の初めと雨の空あおぎたり

竹の皮脱ぎつつ立てる竹の木が雨に濡れており隣れる棕櫚も

雨の日の子規庵訪えばみどり濃き糸瓜の苗も雨に濡れおり

木戸押して庭へ回るにまだ雨のぽつりぽつりと草を動かす

寺すぎて再び寺の門の前　谷中・池之端・言問通り

日暮れにはすこし間のある坂くだり言問通り赤き傘ひらく

黒糖ミルクキャラメル

国道にはためく旗のあかあかとモデルルームは公開中ぞ

ポロシャツの紳士の肩に運ばれて天道虫は階段の上

蜘蛛の巣に蜘蛛はおらざり青空を積乱雲が立ち上がりゆく

北向きの窓も明るむ頃おいをまだ学歴にこだわりながら

とりだして舐めるかどうか考えて止めたる黒糖ミルクキャラメル

交差路にマンホール光るところまで青き瓦の屋根を探して

寝る前に

水槽の硝子を田螺《たにし》が登りゆき何を言っても水の静けさ

目つむりて胸部撮影待てる間をもの思えとやパイプ椅子あり

清濁の濁を容れざる横顔の翁さびいき数学教師

水の鳴る森の一夜を揺れやまぬ一葉一葉に濃く闇がある

叩けばカンと響くバケツに水張られ立たされ坊主くきやかなりき

南へと押し流されてゆく雲の形を崩すときの直照《ひたて》り

黒犬が脚を引きつつ行きてのち夾竹桃の花揺れている

土深く潜りたしとて覗きおり赤き灯ともる工事場の穴

あおむきに死ぬのはいやだ寝る前にブラインド引き下ろしては思う

鋏はホチキスよりも寂しければ夜の机に鳴らす二度ほど

ほんとうのことと思えず休みなく五十余年を生きたことさえ

秋なれば泣きたい気持ちを持ち歩き新宿中村屋に友を呼び出す

捨て台詞

吐瀉物の路上に乾きゆくを待つごとくにおりぬ捨て台詞の後

吊革に淡く残れる人間の手のあたたかさ摑めば揺れつ

そっくりなエロキューションに語られて眼光鋭き顔となる見ゆ

鳴る水の背骨にひびくころとなる森に花咲くその下を来て

憎しみに熱く芯あり目覚めてもまだ際やかに男の顎は

つぶつぶと腕に鳥肌たちながら夫の故郷の土蔵の話

真白き紙

「あああっ」と声は洩れしや夜の雪に新し信号の下の靴跡

トンネルを抜けるときのま芒穂のなびくがごとく身を寄せきたり

階下より夫の呼ぶ声無視されてひとたび高まり唐突に止む

嘘つきの女が騙されゆく過程日の暮るるころ書架にもどしぬ

全身に溜まる怒りのくれないの頰の色して屋根の夕焼け

庭土の上に忘られ雨に濡れ母の戦後を温めし火鉢

字あまりのあまれる息のいとおしさ灯《あかり》の下に『栗原潔子歌集』

逝きしまま卓に置かれて母の帽子二年を経たりすこし歪みて

浴槽に溺れし蜘蛛の脚長くゆるらゆるらに流れゆきたり

ブラインド一息に落ちそののちの光を揺らす春近きかも

沙羅の葉の積もれるところ黄緑に今年もふたつ蕗の薹ふたつ

早春の光を溜めて静かなる野原と思うわれに二人子

娘ひとり住む部屋に来て灯《ひ》ともせば真白き紙が床に広げありぬ

あとがき

寒い冬の朝、十余年間続いた母の介護はあっけなく終わった。そのときの胸のうちは、四年を過ぎた今でも説明のしようがない。

母を含む家族それぞれが、もうこれ以上、我慢できないところにいて、先の不安に、薄氷を踏む思いの毎日だった。だから、その朝、認めてしまうと強い罪悪感に襲われそうで互いに口を噤んでいたのだが、家の中には、ある種の解放感が生まれたのだった。しかしまた、当然のことながら、解放感だけがあるはずもなく、母とともに過ぎて行った、濃密でリアリティに満ちた時間は、これ以上の人間同士の関わりはこの世にあるまいと思うほど、稀有な経験として、貴重な感情の塊を家族に残したのだと、わたしたちはわかっていた。介護をともなった同居が生み出す葛藤や軋轢や感動や成長の消滅は、家族の絆とか喪失感とかいう平たい感じの言葉では決して表せない混沌であった。自分でも何で泣いているのかわからない、正体不明の涙が止まらなかった。それからしばらくして、二人の娘が独立して家を離れた。わたしは、いつでも、わたし自身でいられるようになった。出先で、留守中の家族の機嫌を慮らずともよい。いつまで本を読んでいても、誰からも文句を言われない。還暦を前にして思うのだが、このような自由は今まで味わったことがなかった。時間を嚙みしめながら、わたしは、母と同居していた日々を反芻する。それは人一人の存在の重さを考えることである。見えなかったものが見えるかもしれない。

それでいい、と母が言っているような気がする。

＊

『やわらかに曇る冬の日』は、『渇水期』に続く歌集で、二〇〇五年から二〇一〇年の作品から四四三首を拾った。おおむね、二〇〇六年四月に古巣である「まひる野」に戻ってからの作品である。今日では、誰も結社や系譜などに縛られず、思うままに歌作しているように見える。しかし、作者が思う以上に、短歌集団の運営方針と個人の作風は密接に関わっていると、わたしは思う。わたしの場合は同じ空穂系結社を往復しただけのことだが、それでも、外にいるのと中にいるのでは、まったく違う景観が見えた。『やわらかに曇る冬の日』にいくらかの変化があるとすれば、それはわたし個人の事情ばかりではない。「まひる野」という土壌に身を置いていることが大きいだろう。よき仲間を得た。

学生の頃、わたしが歌作をはじめたのは、人間にとって言語はどのようなものかという興味からだった。今もそれは変わらない。『やわらかに曇る冬の日』に実験的なものが混じるのはそのためだ。たとえば、「ピッカーンひろびろ」「ピュルリピュルリラ」「ふぉるんふるん」は、従来のような、現象を写すためのオノマトペではなく、オノマトペによって引き寄せられるイメージへの試みであり、「リディツェ村2008」に、歌集としては長すぎる文章を付したのは、短歌定型の対極に、いつでも散文を意識していたいためである。散文ではできないことを明らかにしたいという思いが、わたしの中にはある。和文脈の問題をはじめとして、言葉の多様な手ざわりを確かめたい。

＊

歌集をまとめるにあたり、北冬舎の柳下和久氏と何回か打ち合わせをし、そのたびに編集の立場から厚意にみちた意見を聞くことができた。それは、歌集を編むための提言であったが、自分では気づかないでいた自分に気づくことがあった。また、装幀を、現代美術を代表する創作家の一人、岡﨑乾二郎氏にお引き受けいただいた。長い間の願いだったので、とても嬉しい。わたしは、岡﨑氏の芸術活動に、幾度となく勇気づけられてきた者の一人である。記して、お二人に厚くお礼を申しあげたい。

歌集一冊の制作過程に、いろいろな人の、いろいろなアイデアが浮沈することを思うと、人間、まだ捨てたものじゃない、という気持ちになる。

2011・07・14　東日本大震災後に

今井恵子

本書収録の短歌は、２００５（平成17）－２０１０年（平成22）に制作された４４３首です。本書は著者の第五歌集になります。

著者略歴
今井恵子
いまいけいこ

1952年１月、東京生まれ。73年、「まひる野」に入会、作歌を始める。「音」「BLEND」での活動を経て、2006年、「まひる野」に戻り、現在にいたる。歌集に『分散和音』(85年、不識書院)、『ヘルガの裸身』(92年、花神社)、『白昼』(2001年、砂子屋書房)、『渇水期』(05年、同)、歌書に『富小路禎子の歌』(02年、雁書館)、編著に『樋口一葉和歌集』(05年、ちくま文庫)、共著の評論集に『日本のうた』(11年、翰林書房)がある。08年、「求められる現代の言葉」にて、第26回「現代短歌評論賞」受賞。

住所＝〒365-0064埼玉県鴻巣市赤見台4-20-19

まひる野叢書第290篇

やわらかに曇《くも》る冬《ふゆ》の日《ひ》

2011年９月20日　初版印刷
2011年９月30日　初版発行

著者
今井恵子

発行人
柳下和久

発行所
北冬舎
〒101-0062東京都千代田区神田駿河台1-5-6-408
電話・FAX　03-3292-0350
振替口座　00130-7-74750
http://hokutousya.com

印刷・製本　株式会社シナノ

© IMAI Keiko　2011 Printed in Japan.
落丁本・乱丁本はお取替えいたします
ISBN978-4-903792-33-0 C0092